Geest-Verlag
Verlag für engagierte Literatur

Sönke Zander
Trauertage
Ein Kriegstagebuch
Geleittexte
von Wolf Biermann
Bilder von
Ariane Litmeyer
Geest-Verlag, Vechta 2022

ISBN 978-3-86685-915-9

Verlag: Geest-Verlag,
Lange Straße 41 a, 49377 Vechta Langförden
Tel. 04447/856580
Geest-Verlag@t-online.de
www.Geest-Verlag.de

Druck: Geest-Verlag

Sönke Zander

Trauertage
Ein Kriegstagebuch

Geleittexte
von Wolf Biermann

Bilder von
Ariane Litmeyer

Kleines Lied von den bleibenden Werten

Wolf Biermann

1.

Die großen Lügner, und was
Na, was wird bleiben von denen?
— nu was schon, was was was was was:
daß wir ihnen geglaubt haben!
Die großen Heuchler, und was
Na, was wird bleiben von denen?
— daß wir sie endlich durchschaut haben!

2.

Die großen Führer, und was
Na, was wird bleiben von denen?
— nu was schon, was was was was was:
daß sie endlich gestürzt wurden!
Und ihre Ewigen Großen Zeiten
Na, was wird bleiben von denen?
— daß sie erheblich gekürzt wurden!

3.

Sie stopfen der Wahrheit das Maul mit Brot
—mit Peitsche und mit Zuckerbrot
— mit Gnaden-Brot und Fladenbrot
Und was wird bleiben vom Brot?
— daß es gefressen wurde.
Und dies zersungene Lied,
Nu, was wird bleiben vom Lied?
— ewig bleiben wird von meinem Lied
daß es vergessen wurde.

Wolf Biermann schrieb diesen Text 1968 anlässlich der Niederschlagung des Prager Frühlings durch die Truppen des Warschauer Pakts.

Krieg

Nun ist es Krieg. Kein Engel hat's verwehrt. Krieg! Krieg!
Pandoras Büchse ist nun wieder ganz weit offen.
Die Hölle feiert wieder einen neuen Sieg,
weil so ein irrer Potentat, von seiner Macht besoffen,

nicht duldet, dass ein Volk sich eigne Wege sucht.
War's etwa nicht genug, was dieses Volk schon litt
an Stalins Hunger-Massenmord und Nazi-Genozid?
Wer das nun fortführt, ist für alle Zeit verflucht.

Nun ist dort Krieg, und wir begehr'n, nicht schuld zu sein
und (wenn schon nicht die Ehre) unsre Haut zu retten,
und lassen dieses Volk in seinem Kampf allein

aus guten, dennoch schlechten Gründen. Ach, wir hätten
ja gern geholfen, doch belassen wir's beim Klagen.
Nun werden wir den Kopf einzieh'n und unsre Schmach ertragen.

25.02.2022

Ratlos

Wir stehen ratlos da, moralisch schwer empört,
weil unser schönes Kartenhaus zusammenfällt.
Wir dachten, dass das Netz aus Egoismen hält.
Win-Win-Geschäfte, Deals, ach, das ist nun zerstört.

Das Öl, das Gas, das Geld floss friedlich hin und her,
wir hatten es so angenehm bequem gedacht.
Doch über Nacht sind wir nun unsanft aufgewacht
aus unserm Traum, dass unsre Welt heut anders wär',

als sie es immer war. Nun gilt doch immer noch
der böse Spruch: Wer Frieden will, muss Krieg erwarten.
Die Erde ist so einzigartig schön, jedoch

weil auf ihr Menschen sind, ist sie kein Edengarten.
Durch Macht wird mancher Mensch zum blutigen Despoten.
Und davon zeugen dann Ruinen und die Toten.

01.03.2022

Wahrhaftig andere Sorgen

Denn unsre Erde hat wahrhaftig andre Sorgen,
als alte Unrechtsgrenzen wieder aufzurichten.
Wenn wir das Nötige nicht tun, dann ist schon morgen
viel mehr als abgelebter Großreich-Glanz vernichtet.

Denn jeder, der es wissen will und denken kann,
der weiß: Jetzt ist die Zeit, in der man handeln muss.
Was wir jetzt tun und nicht tun, darauf kommt es an.
Sonst ist mit jener Welt, wie wir sie lieben, Schluss.

Den Mut, die Energie, die Geisteskraft und die Billionen,
die jetzt verschleudert werden für den irren Krieg,
die wär'n wahrhaftig besser zu verwenden,

damit wir unsre Welt, auf der wir alle (!) wohnen,
für unsre Enkel retten. Diesen Krieg sofort zu enden,
das wär für alle Menschen dieser Welt ein Sieg.

04.03.2022

Russland

Fast jeder, der einst Russland kannte, liebte es,
das ungeheuer weite Land und seine Leute.
Großzügigkeit, Gastfreundschaft – ach, nichts Besseres
gab's, als mit Russen feiern, trinken, singen. Heute

jedoch zeigt Putin uns das andere Gesicht.
Ach, russische Kultur, Literatur, Musik
gehören zu Europa. All dies ist doch nicht
uns fremd. – Verdammt, ich will die Wendezeit zurück,

die Neunziger! Damals zerbrachen alle Mauern.
Man sah ein ganzes Volk sich aus dem Kälteschlaf erheben.
Wird es so eine Zeit wohl jemals wieder geben?

Wenn überhaupt, wird es gewiss sehr lange dauern.
Bis dahin werden wir uns voller Furcht belauern.
Ach schad, das Ende davon werde ich nicht mehr erleben.

06.03.2022

Seit fünf Uhr fünfundvierzig wird zurückgeschossen

Seit fünf Uhr fünfundvierzig wird zurückgeschossen –
so hat einst Hitler seinen Weltkrieg angesagt.
So geht's: Die Opfer werden als die Täter angeklagt,
und dann wird frohgemut ihr Blut vergossen.

Die Angegriff'nen werden erst mal diffamiert
als Übeltäter, die gezüchtigt werden müssen,
und dann wird mit beruhigtem Gewissen
geschossen, bombardiert und einmarschiert.

In jedem Krieg steht's um die Wahrheit äußerst schlecht.
Doch diesmal ist es leicht, die Wahrheit zu erkennen
und Opfer und die Täter zu benennen.

Wir müssen uns der Lüge jetzt nicht beugen,
denn Millionen Flüchtlinge sind Wahrheitszeugen,
und auch die Toten sind kein fake news, sie sind echt.

08.03.2022

Leningrad

Mehr als zwei Jahre hat der Kampf um Leningrad gedauert,
und unvorstellbar waren Hunger, Not und Leid.
Dann endlich wurde diese Stadt befreit,
doch ungezählte Tote waren zu betrauern.

In dieser Stadt ist Putin einst geboren worden
und hat gewiss von all dem Grauen und der Qual
genug gehört. Hält er vielleicht deshalb das Morden,
Zerstörung, massenhaften Tod für ganz normal?

Ach, Putin, großer Führer, Zar und Präsident
des (jetzt schon) größten Landes, das es gibt auf Erden,
willst du auch Präsident des größten Friedhofs werden

von Menschen, Freiheit? Willst du, dass dich jeder kennt
wie Hitler, Stalin, als der irre Potentat,
der einst zur falschen Zeit am falschen Ort das absolut
totale Falsche tat?

09.03.2022

Letzte Chance

Putin, wie weit willst du denn diesen Krieg noch führen?
Willst du, wie schon in Grosny und in Syrien trainiert,
das ganze Land mit Bomben und Raketen einplanieren?
Willst du, dass die Ukraine ganz ukrainerfrei sein wird?

Denk dran: So etwas hat schon vor dir jemand praktiziert
und hat sein Volk mit Lügen, sinnlosen Versprechen
in untilgbare Schande und den Untergang geführt.
Willst du es ihm – und Stalin – gleichtun an Verbrechen?

Davon bist du, trotz aller Gräuel, noch ein Stück entfernt.
Du hast jetzt noch die Chance – wenn auch nicht in Ehren –
so doch in Ruh als ein geschasster Potentat,

wie ihn die Welt schon dutzendfach gesehen hat,
aufs Altenteil zu geh'n und – lügen hast du ja gelernt –
Memoiren zu diktieren und dein Raffgeld zu verzehren.

11.03.2022

Spezialoperation

Von Krieg darf man in Russland jetzt nicht sprechen,
das neue Wort heißt Spezialoperation.
Im Nazideutsch gab es die Sonderaktion
als Codewort für Massenmord und Kriegsverbrechen,

zum Beispiel das von Babyn Jar, der Todesschlucht
von Kiew. Diese Untat lässt sich nie verzeihen.
Hat Putin nun den Ehrgeiz, sich hier einzureihen,
damit man ihn, wie jene Deutschen einst, verflucht?

Will er nun solche Schande seinem Volk vererben?
Ich, Kind des Hitlerreichs, ich würde ihm gern sagen,
dass es nicht leicht ist, solche Hypothek zu tragen.

Denn wenn auch Überlebende und Zeugen sterben,
und Trümmer decken meterhoch die Gräber zu,
die Geister jener Kinder, Frauen, Männer geben keine Ruh.

12.03.2022

Frühlingsboten

In meinem Friedensland hat nun der Frühling angefangen,
der Rotdorn, die Forsythien und Veilchen blühen,
die Krokusse und gelben Osterglocken prangen.
Ganz hoch am Himmel sieht man ein paar Gänse ziehen,

die meisten sind schon nach Nordosten abgezogen.
Schwarz-weiße Austernfischer kamen schon vom Meer,
zwitschernde Spatzen fliegen eifrig hin und her.
– In jenem andern Land jedoch kommt andres angeflogen:

Da fliegen Bomber, Marschflugkörper, Drohnen und Raketen.
Und die Sirenen jagen Menschen in die Luftschutzräume.
Da kauern sie und warten, manche singen oder beten,

wenn bei den Explosionen alle Mauern beben.
Und alle sind erstaunt, wenn sie danach noch leben.
Und all dies dringt für immer ein in ihre Träume.

14.03.2022

Heldentum

Ach ja, das Heldentum. Wir haben es uns aberzogen.
Am Heldentum im Krieg sind wir nicht interessiert.
Damit hat man zu oft gelogen und betrogen.
Doch nun seh'n wir, ergriffen und sehr irritiert,

im Fernsehn Bilder, die verstören und beschämen,
von Frauen, Kindern, die ins Ungewisse fliehen,
und Männern, die von ihnen Abschied nehmen,
um in den Kampf, vielleicht in ihren Tod zu ziehen.

Ist das dann Heldentod? Dies Wort klingt für uns dubios.
Man hat nur dieses eine und kein zweites Leben.
Kein Zweifel: Diese Menschen sind wahrhaftig groß,

die, um den ungerechten Feind an seinem Sieg zu hindern
und sich und ihrem Volk und Land und ihren Kindern
die Freiheit zu bewahren und den Stolz, ihr Leben geben.

15.03.2022

Marina Owsjannikowa

Auch bei den Russen gibt es großes Heldentum.
Ich mein nicht die Soldaten, die, verblendet und belogen,
von ihren Dörfern fort ins Feld der Unehre gezogen,
ihr Leben nun riskieren für den zweifelhaften Ruhm,

ein Volk, das frei sein will, kaputt zu bombardieren.
Ich meine jene, die trotz Drohung und Verfolgung wagen,
ganz laut und deutlich, was die Wahrheit ist, zu sagen
und gegen Lügen anzukämpfen und zu demonstrieren.

Zum Beispiel gestern jene kühne junge Frau,
die es gewagt und auch geschafft hat, ein Protestplakat
dem ganzen Riesenland zu zeigen im TV.

Es ist kein Zweifel: Das war eine Heldentat.
Die hat der Ehre ihres Volkes mehr gebracht
als irgendwelche Siege durch brutale Übermacht.

16.03.2022

Reichsparteitag

Putin hat einen Reichsparteitag abgehalten
in Moskau (nicht in Nürnberg), doch die Bilder gleichen
sich sehr: die Fahnen, Jubelmassen und das Z als Zeichen,
das alle eint, um alle, alle gleichzuschalten

wie einst bei uns das Hakenkreuz. Darf man's vergleichen?
Er will das Weltreich wieder, wie es unter Stalin war.
Ach, damals war man stolz, weil man ein Russe war.
Was zählten da schon die Genickschuss- und die Gulagleichen?

Wie jenes Zwangsreich einst der Zaren, wie die Sowjetunion
soll Russland wieder sein (als wäre es nicht heute schon
das größte Land der Welt). Georgien, die Krim

war'n erst der Anfang. – Ja, wir fanden das zwar schlimm,
doch wollten Frieden, Ruhe, business, und nun fragen
wir uns, ob wir an diesem Krieg auch Mitschuld tragen.

19.03.2022

Die Russen brechen den Versuch ab, Kiew zu erobern

Kiew, die alte und zugleich auch junge Stadt,
vor über tausend Jahren am Dnepr-Fluss
erbaut als Mittelpunkt im Land der Rus,
die goldne Tage, Krieg und Not erfahren hat,

Geschichte schlug ihr manche tiefen Wunden.
Von den Tataren wurde sie total zerstört,
von andern Mächten immer wieder neu begehrt,
von Stalin und dann von den Nazis schwer geschunden.

Auf dem Majdanplatz hatte sich das Volk entschieden
für Freiheit und Europa, aber Frieden,
den duldet Putin nicht aus Angst vor Freiheitsviren

und Infektion in Russland. Deshalb lässt er bombardieren
und schänden, töten. Kiew aber wird sich nicht ergeben.
Die Stadt, das Volk, das Land – und auch die Freiheit –
werden leben.

04.04.2022

Die Fernsehbilder aus Butscha

Auf den zerbombten Straßen und in den Ruinen
liegen die Toten wie zerknüllte Kleiderhaufen.
Ein junger Mann liegt da, die Hände auf dem Rücken
gefesselt. Und ein andrer wurde mit Benzin
begossen und danach in Brand gesteckt. Ich hoffe,
er war schon vorher tot. In einem ausgebrannten Auto
eine Familie, Vater, Mutter, Kinder, alle
erschossen. Und so geht es weiter dutzendfach.

Unfassbar. Aber sind denn die perversen Schlächter,
die all dies taten, schlimmer als die Bomberpiloten
und jene, die Raketen und die Drohnen steuern
auf Menschenstädte? Sind denn die deshalb gerechter,
weil sie nicht die Gesichter sehen all der Toten
und müssen sich das Blut nicht von den Händen scheuern?

06.04.2022

Schuld

Die größte Schuld trifft jene, die all dies befehlen.
Sie sitzen da bequem an einem sichern Ort
und ordnen an mit ihrer Macht und ihrem Wort,
dass andre für sie töten, bombardieren, quälen.

Und die, weil ihnen der Befehl dazu gegeben,
die lassen sich als Werkzeug (gern?) benutzen,
damit die Führer sich die Hände nicht beschmutzen.
Und manchmal zahlen sie dafür mit ihrem Leben.

Den Müttern wird man dann von Pflicht und Ehre sprechen,
von Vaterland und Ruhm. Doch wenn die einst erfahren,
dass ihre Heldensöhne nichts als Mörder waren

und sie für nichts als Schmach und Schande starben
und an der Seele auch, nicht nur am Leib verdarben,
wird ihnen das für alle Zeit das Herz zerbrechen.

07.04.2022

Sind diese Leute denn total verblödet?

Sind diese Leute denn total verblödet
wie Lämmer, die den Wolf bejubeln als Erlöser?
Was ist gescheh'n mit ihnen, welch ein böser
Erreger hat bei ihnen das Gehirn verödet?

Und haben sie schon alles, was einst war, vergessen?
Sind sie denn blind und taub und wahrheitsresistent?
Sie müssten doch das Kotzen kriegen, wenn man Stalin nennt.
Der hat ihr Blut, ihr Leben, ihre Freiheit aufgefressen.

Woll'n sie denn wirklich in das große Gulag-Reich zurück?
Ja, ja, ich weiß, die meisten wollen nur ein bisschen Glück,
ihr täglich Brot und ihre Ruh, und dafür schwenken

sie Fahnen, schrei'n Parolen und verbieten sich zu denken.
Wir haben dies in unserem Land schon zur Genüge ausprobiert.
Uns – jedenfalls uns Alten – ist bekannt, wohin das führt.

10.04.2022

Brandopfer

Ein Panzer rollt durch die total zerstörte Stadt
und fährt sich zwischen Trümmerstücken fest.
Dann öffnet sich die Luke, ein Soldat
klettert heraus und sieht sich um und zündet
sich eine selbst gedrehte Zigarette an
und saugt genussvoll ihren Rauch in sich hinein.

Von oben sieht aus einem Loch in der Ruine
ein Fünfzehnjähriger die Szene, und er denkt:

Nun ist die Chance da für eine Heldentat.
Dann wirft er, wie geübt, die Flasche mit Benzin.
Die trifft, und sofort steht in Flammen der Soldat

als ein Fanal des Kriegs. Die Freunde nennen
den Knaben Held. Der aber wird nie mehr vergessen,
wie furchtbar Menschen schreien, die verbrennen.

12.04.2022

Zu kurzes Leben

Er war mit seinen achtzehn Jahren
durchaus schon ziemlich fronterfahren.
Zum Beispiel wusste er, wie's ist,
wenn man sich selbst vor Angst bepisst,

weil Panzer dir entgegenrollen,
die dich zu Brei zermatschen wollen.
Wie's ist, durch Dreck und Schlamm zu kriechen,
und wie verweste Leichen riechen,

auch, wie man Schützenlöcher gräbt.
Er wusste ziemlich vieles schon
vom Tod, doch wenig, wie man lebt,

zum Beispiel, mit Alina zu schlafen.
Er träumte grad so schon davon,
als ihn die Bombensplitter trafen.

13.04.2022

Ukrainischer Junge mit Spielzeuggewehr

Wenn ich bald groß geworden bin,
dann lauf ich zu der Stelle hin,
an der mein Vater liegt begraben,
den sie erschossen haben.

Hab dann ein echtes Sturmgewehr,
das ist mir dann nicht mehr zu schwer,
und ganz viel Munition.
Die braucht man dann, das weiß ich schon.

Und jeder, der da geht und steht,
der wird von mir dann umgemäht.
Die sollen alle Tote sein,
und nicht mein Vater nur allein.

Danach lauf ich zurück nach Haus.
Und meine Wut ist endlich, endlich raus.

14.04.2022

Ende einer Illusion

Mein Leben hat vor langer, langer Zeit begonnen
im fürchterlichen Weltkrieg, dessen Schlachtgetöse
Geräuschkulisse war für das totale Böse.
Dem bin ich unversehrt mit Glück als Kind entronnen

und hab dann siebzig Jahre ohne Krieg genossen
in unserm toten Winkel der Glückseligkeit.
Wie waren wir verblendet, denn in jener Zeit
gab es nicht einen Tag, an dem nicht Menschen schossen

auf andre Menschen, töteten und warfen Bomben
in irgendeinem Teil der Erde. Hekatomben
von Menschen litten, starben, Kind und Frau und Mann.

Jetzt kommt dies alles auch an unsern Grenzen wieder an.
Nun schließt sich so mein Lebenskreis. Das ist nicht von Belang.
Doch um die Kinder, Enkel (nicht nur meine) ist mir bang.

15.04.2022

Vergleiche

Wenn die Sirenen heulten, rannten wir zum Keller
und nahmen schnell noch etwas mit zum Spielen.
Die heutigen Raketen kommen schneller
und können viel genauer auf die Häuser zielen.

Und wenn's vorbei war, spielten wir in den Ruinen
und prügelten uns manchmal um ein Stückchen Brot,
und manchmal teilten wir uns auch ein paar Rosinen.
Und unsre Väter war'n im Krieg, und manche waren tot.

Ich weiß noch, wie die Bomber flogen: viele an der Zahl,
doch ziemlich langsam. Die Raketen kommen rasend schnell,
dann leuchtet es wie Blitz, so hell und grell.

Der Donner kommt danach. – Und unser Haus blieb unversehrt.
Wir Kinder dachten damals, all dies sei auf dieser Welt normal –
und war und ist doch alles ganz und gar verkehrt.

16.04.2022

Österliche Feldpost aus Mariupol

Ihr Lieben, ein paar Tage, dann ist Osterfest.
Mariupol ist jetzt schon beinah ganz befreit.
Dann geben wir den Nazis in der Stadt den Rest,
die Truppen steh'n schon für den letzten Sturm bereit.

Dann werden wir als Helden durch die Stadt marschieren.
Nur ein paar Tage Bombardierung noch, dann ist's so weit.
Die Bürger, die noch leben, werden an den Straßen applaudieren,
die's aber nicht tun, denen tut's schon bald sehr leid.

Dann wird der Wind der Steppe frei aus Osten wehen,
weil kaum noch Häuser ihm im Wege stehen.
Und Mutter Russland nimmt die Überlebenden mit off'nen Armen

gern wieder auf – doch die dagegen sind, erwartet kein Erbarmen.
Nun feiert schön. Wir werden uns bald wiedersehen.
Falls nicht, so wissen wir durch Christus, dass wir auferstehen.

17.04.2022

Mariupol am orthodoxen Karfreitag 2022

Man kennt den Anblick solcher Trümmerstädte schon:
Karthago, Guernica und Warschau und Berlin,
Hiroshima et cetera seit Hunderten von Jahren.
Wir hatten Frieden, doch der war uns nur gelieh'n.

Ihn zu bewahren, ist den Menschen nicht gegeben.
Zu viele sind zu seiner Pflege nicht bereit.
Gewalt und Dummheit haben wieder mal gesiegt.
Europas Frühling ist vorbei, jetzt kommt die Winterzeit.

Die Christen glauben, Jesus sei zur Welt gekommen
und habe aller Menschen Schuld auf sich genommen
und dafür schließlich auch das Kreuz ertragen.

Wenn dieser Glaube Wahrheit ist, dann hat
man ihn seitdem noch oft – und jetzt in dieser Stadt –
ans Kreuz geschlagen.

22.04.2022

Letzte Hoffnung

Ob nun wohl über Putins Bomben und Raketen
getreue Popen ihren Ostersegen sprechen,
damit die möglichst viele feindliche Ukrainer töten
und möglichst viele Luftschutzkeller brechen?

Gewiss ist, dass in Russlands Kirchen Mütter beten
und für die Leben ihrer lieben Söhne flehen,
die andrer Mütter sehr geliebte Söhne töten.
Ach, diese Menschheit wird im Irrsinn untergehen.

Ich alter Heide kann nicht beten und nicht glauben,
drum ist mein Hirn nicht gegen alles dies gefeit,
was überlaut zum leeren Himmel schreit.

Doch eine vage Hoffnung lass ich mir nicht rauben:
Vielleicht wird es in ferner Zeit mal eine Spezies geben,
die es vermag, auf Erden ohne Krieg zu leben.

23.04.2022

Orthodoxer Ostersonntag in der Ukraine

Dort ist jetzt Ostern. – Hier blüh'n jetzt die roten
und gelben Tulpen, und wir lassen uns bescheinen
vom Sonnenlicht im Park. – Sie denken an die Toten,
die sie begraben müssen und beweinen

und ihr Vermächtnis halten: Widerstehen!
Den Aggressoren den Triumph verderben!
Das freie Volk dort wird gewiss nicht untergehen,
doch viel zu viele starben schon und werden sterben.

Die Osterbotschaft sagt: Sie werden auferstehen
und die Getrennten werden sich einst wiedersehen.
Ein vager Trost für Gläubige, doch der vermag

die Trauer nicht zu lindern, denn das Erdenleben,
das echte, schreckliche und schöne wird's nie wieder geben
für all die Toten. Dieser Ostersonntag ist ein Trauertag.

24.04.2022

Wrack eines Panzers

So liegt er da, verbeult, verbrannt, zerschossen.
Es wurde mit ihm manches Leben ausgelöscht.
Hat es nun jene, die ihn führten, selbst erwischt,
nachdem sie vorher ihre Todesmacht genossen

und Angst und Schrecken um sich ausgebreitet haben?
Und haben sie, die sich für eine Weile Sieger nannten,
geschrie'n, als sie in diesem Eisensarg verbrannten?
Wo liegen ihre Überreste nun vergraben?

Ein solches Wrack ist ein wahrhaftiges Symbol
für jenen Weisheitsspruch, dass jeder, der das Schwert
ergreift, auch selbst dem Tod geweiht ist, und es lehrt,

dass Macht, die sich auf nichts als nur Gewalt begründet,
mit Sicherheit auch irgendwann ihr Ende findet
(doch oft zu spät, dann klingen solche Sprüche hohl).

02.05.2022

Putin nimmt auf dem Roten Platz
die Parade zum 9. Mai ab

(77 Jahre nach dem Sieg über Nazi-Deutschland,
75 Tage nach Beginn des Krieges gegen die Ukraine)

Es ist schon siebenundsiebzig Jahre her seit jenem Sieg.
Millionen Menschen sind damals dafür gestorben.
Nun wird seit fünfundsiebzig Tagen mit dem neuen Krieg
ihr Andenken geschändet und verdorben.

In jenen Jahren war es ein Befreiungskampf.
Doch Putins Krieger heut sind nichts als Aggressoren.
Das Tschingderassabumm, all der Paradekrampf
macht das nicht wieder gut. Die Ehre haben sie verloren,

die jetzt vor ihm, als wär er Stalin, paradieren.
Er will mit ihrem Blut sich ins Geschichtsbuch schreiben,
und mancher wird sein Leben dafür noch verlieren.

Und Putin wird tatsächlich im Gedächtnis bleiben
als jener Stalin-Wiedergänger, Pseudo-Zar,
der zwar als Staatsmann ein Versager, doch als Zerstörer
machtvoll war.

09.05.2022

Kriegstag 77, Zwischenbilanz

Elf Wochen tobt nun dieser irre Krieg
mit Fernsehbildern, die die Wirklichkeit nicht fassen
und dennoch uns bei Nacht nicht schlafen lassen.
Der neue Stalin will um jeden Preis den Pyrrhussieg,

auch um den Preis, dass er ein ganzes Land vernichtet.
Ein Teil davon ist schon total zerstört,
weil dieses freie Volk sich so erbittert wehrt.
Und die nicht kämpfen können, sind geflüchtet

in fremde Länder, denn in Unfreiheit woll'n sie nicht leben.
Jetzt droht Zar Putin mit dem Einsatz der finalen Waffen.
Will er nun damit den totalen Frieden schaffen,
wenn sie sich seinen Truppen nicht ergeben?

Wir wissen's nicht. Doch Angst darf uns jetzt nicht diktieren
das Denken und das Tun, sonst werden wir uns selbst verlieren.

11.05.2022

Hirn und Herz

Der Krieg, der gottverdammte, lodert weiter vor sich hin
und frisst das Land, die Zukunft, Städte, Menschenleben.
Was kann man tun, um Gottes willen, was macht Sinn?
Es muss doch endlich irgendeinen Ausweg geben.

Zuseh'n, wie nun die Opfer Freiheit, Leben, Land verlieren?
Doch dem Aggressor mit den schwersten Waffen drohen,
den Kopf nicht einzieh'n und den Weltenbrand riskieren?
Wem soll'n wir folgen, etwa diesen Feuilletonheroen?

Den Spezialisten, die stets alles besser wissen?
Den Zweiflern, die sich Tag und Nacht mit Sorgen plagen?
Den zu Recht Zaudernden, die nun regieren müssen
und haben schwer an der Verantwortung zu tragen?

Den Kriegsgewinnlern und den Rüstungsaktionären?
Den Panikmachern, Untergangsvisionären?
Den alten kalten Kriegern, Neoimperialisten?
Den Moralisten, frommen Christen, Pazifisten?
Denen, die – weit entfernt – an Hunger sterben
aus Mangel an Weizen? Denen, die nur Särge erben
von ihren Vätern? Denen, die in den Ruinen frieren
und Angst und Not und Durst und Hunger spüren?
Den Leuten, die da denken: Das geht mich nichts an,
weil ich, der kleine Mann, ja eh nichts machen kann?

Den Sorgenvollen, ständig von der Angst bedrückt,
dass Putin irgendwann auf den Atomknopf drückt?
Den letzten Shoah-Opfern, die noch heute leben
und sagen: Lieber Krieg, als Mördern preisgegeben?
Denen, die rasend vor moralischer Empörung
den Aggressor bestrafen woll'n, sei's bis
zur Selbstzerstörung?
Den stets Gelangweilten, die sich nun freuen, weil
nun endlich mal was abgeht, Krieg, das klingt doch geil?
Denen, die wissen, wie es um die Erde steht
und dass nun alles in die falsche Richtung geht?
Den Erdölmultis, die gigantische Gewinne machen,
und ihren Shareholdern, die sich ins Fäustchen lachen?
Den Flüchtlingen, die vor den Bomben fliehen
und kreuz und quer durch ganz Europa ziehen?
Den Kämpfenden, die Tag für Tag ihr Leben
für Freiheit und die Zukunft ihrer Kinder geben?

Mein Hirn folgt denen, die nach Vorsicht und Vernunft
entscheiden,
mein Herz ist ganz bei denen, die nun Angst und Not erleiden.

3.6.2022, Kriegstag 100

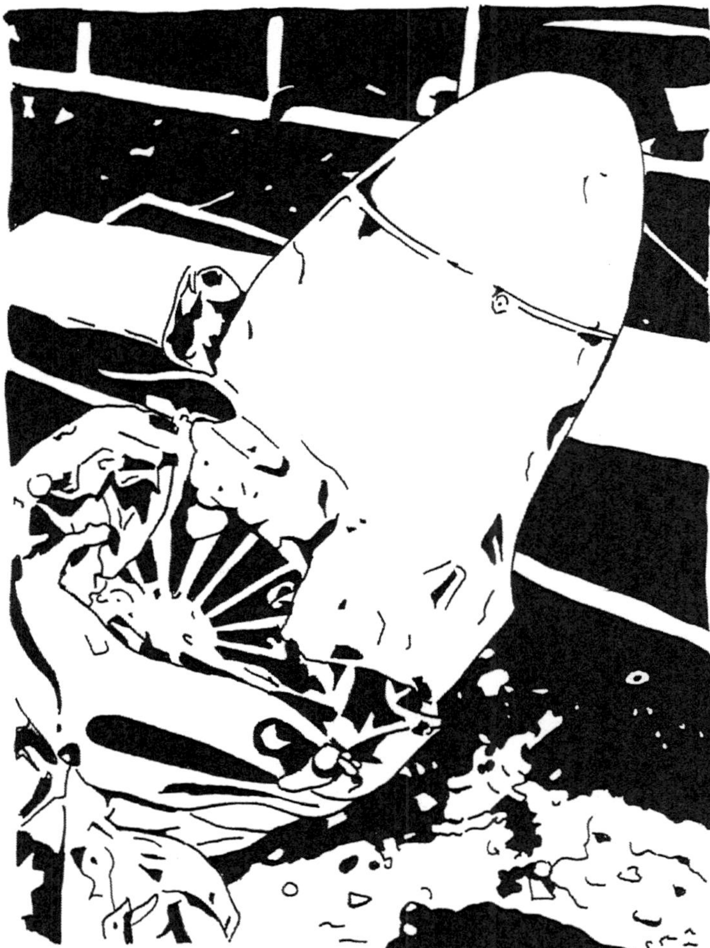

Terror

Es war in einer dieser kleinen Städte,
wo man den Krieg für Stunden manchmal fast vergisst,
weil er weit weg und nicht zu hören ist.
Und dann kam die Rakete

ganz ungeahnt aus dem Ukrainehimmelblau.
Sie traf nur dieses eine Haus.
Fast alle Menschen kamen noch heraus,
nur nicht die eine alte Frau

mit ihrem Enkelkind. Das ist erstickt.
Sie war'n zu lange unterm Schutt begraben,
bis ihre Nachbarn sie gefunden haben.

Die Frau gilt seitdem als verrückt.
Ich hab es nur gelesen, aber heute Nacht,
als ich nicht schlafen konnte, habe ich an sie gedacht.

05.06.2022

Probehölle

Man sagt, wir Deutschen hätten viele Leben retten
und die Ukraine vor viel schwerer Not verschonen
und schützen können, wenn wir nur geliefert hätten
mehr Todesbringer-Waffen, Panzer und Kanonen.

Den Teufel also mit dem Beelzebub austreiben
und unsre Hände wieder mal mit Blut verdrecken,
statt schöner Reden (oder gar Gedichteschreiben)
und unsern Kopf in schöngeistigen Sand zu stecken.

Im Krieg wird eben alles um und umgekehrt,
und aus den Tiefen drängt das Unterste nach oben.
Was klar erschien, wird nun mit Blut und Schmutz versehrt.

Das massenhafte Töten wird zur Kleinigkeit,
und still zu sein zur Sünde, die zum Himmel schreit.
Ein Krieg lässt uns schon vor dem Tod die Hölle proben.

08.06.2022

Wer hat einen Plan?

Kann es denn wirklich sein, dass unsre kleine,
zwar reiche, aber abgeschlaffte Bundesrepublik
so überaus bedeutsam ist für die Ukraine,
ihr Überleben, ihren – wie sie's nennen – Sieg?

Wir haben doch schon lang nichts übrig mehr für Waffen
(trotz Thyssen, Rheinmetall und Leopardfabrik).
Wir wollen Frieden, Wohlstand mit Geschäften schaffen.
Nichts klingt in deutschen Ohren scheußlicher als Krieg.

Und nun ist der so nah mit Tod und mit Verderben.
Soll'n wir Kanonen schicken? Lieber zuseh'n, wie sie sterben?
Herr Melnyk schimpft uns feig, Zar Putin droht uns Gasstopp an.

So mancher Schreibtischheld übt schon das scharfe Schießen
mit seinem Laptop. Andre halten sich ans Augenschließen.
Ich hoff nur, irgendwer von denen, die regier'n, hat einen Plan.

(zum Medienecho auf den Artikel von Habermas in der SZ vom 29.4.22)

10.06.2022

Die Gruft

Damals in meiner Klasse vor rund siebzig Jahren
Gab's ein paar Kinder, die irgendwie seltsam waren.
Sie stotterten und schnitten dabei komische Grimassen.
Uns war gesagt, wir sollten sie in Ruhe lassen.

Einen von ihnen hielten wir für blöd und dumm.
Er saß nur stur auf seinem Platz. Wir dachten, er sei stumm.
Doch einmal hat er es dann doch gewagt
und hätte beinah was gesagt,
das heißt, er hat's zumindest mal versucht. Er machte
den Mund ein paar Mal auf und zu. Die Klasse lachte.

Der Lehrer sagte ihm: Geh einfach raus und hol tief Luft!
Und dann zu uns: Er war zu lang verschüttet,
und seine Nerven sind seitdem zerrüttet.

Ob er wohl je herausgefunden hat aus seiner Gruft?

12.06.2022

Abnutzungskrieg

Jetzt spricht man schon von Abnutzungs-, Zermürbungskrieg.
Die Frage ist, welche Partei ist nun zuerst zermürbt,
wenn täglich eine Hundertschaft Soldaten stirbt?
Wer reklamiert dann irgendwann für sich den Sieg?

Der mehr aufbringen kann an Waffen und Material,
auch menschlichem, an Knochen und an frischem Blut?
Der mit dem Recht auf seiner Seite und mehr Kampfesmut?
Wer ohne Skrupel ist, nur gnadenlos brutal?

Wir dürfen diesen Wahnsinn nicht mehr finanzieren,
indem wir Putin noch sein Gas und Öl abkaufen.
Soll er doch selbst darin ersticken und ersaufen.

Dann müssen wir im nächsten Winter eben frieren.
Die Wirtschaft wird dann eine Weile stockend laufen.
Wir werden etwas leiden (manche mehr), doch niemand
wird – wie jene dort – krepieren.

15.06.2022

Panoptikum 2022

Warum nur haben wir gerade jetzt auf unsrer Welt
all diese Potentaten, Kleptokraten, Psychopathen?
Warum sind die gerade jetzt an so viel Macht geraten ?
Die hatten uns zu unserm Unglück gerade noch gefehlt.

Maduro, Bolsonaro, Kim et cetera.
Und nun will Putin Erster sein in dieser Liga,
und dabei weiß man, letztlich wird doch Xi der Sieger.
Und in den USA ist Ungeist Trump noch immer da.

Und gegen die stehn nun als letztes Aufgebot
Old Joe und unser Kanzler, Präsident Macron,
der kaum regier'n kann wegen cohabitation,

der Clown in England und noch die Paradefrauen
Ursula und Annalena. – Wem in solcher Not
kann man noch Zukunft anvertrauen?

05.07.2022

15:27

Medien

Im Falle beinah jeden schlimmen Falles
gewöhnt sich der gemeine Medienkonsument
nach nur geraumer Zeit an beinah alles,
vorausgesetzt, dass nicht die eigne Hütte brennt.

Er möchte nur nicht immerzu dasselbe sehen,
zum Beispiel diesen Krieg mit seinen Toten
und all den Dingen, die uns auf den Wecker gehen.
Das schadet auch den Einschaltquoten.

Es gib ja auch noch andre große Fragen,
zum Beispiel: Wird die deutsche Elf wohl heute Ungarn
schlagen?
Der Preis für Sprit und Heizgas, überhaupt die Inflation.

Die Kinderpornos. Gott, was gibt es bloß für Schweine!
Die EZB führt wieder Zinsen ein, der DAX geht runter schon.
Das Wetter bleibt, wie's ist, und auch der Krieg in der Ukraine.

07.07.2022

Die Chancen werden weniger

Das Treibhaus Erde ist schon höllisch aufgeheizt,
das Meer, die Länder krank, vergiftet und verheert.
Es wird nun eng, die Optionen ausgereizt.
Wir wissen, dass es nicht mehr allzu lange währt,

dann ist die Katastrophe da in jedem Land.
Wenn sich die Menschen dieser Welt jetzt nicht zusammentun,
und zwar sehr bald, dann geht nichts mehr, das ist bekannt,
bewiesen hundertfach bestätigt. – Aber nun?

Wie geht es weiter? Werden sich die Völker nun verbünden,
um einen Ausweg aus dem Unheil noch zu finden?
Ach was, der Krieg ist das, was jetzt vor allem zählt.

Nun wird erst weiter Blut um Blut um Blut vergossen,
und Milliarde um Milliarde wird verschossen.
Die Chancen werden weniger zur Rettung unsrer Welt.

04.08.2022

Zum Schluss

Dieser Krieg hat sehr viel ausgelöst, vermutlich ist der Ausdruck Zeitenwende dafür nicht übertrieben. Bei sehr vielen von uns ganz Alten, die den Krieg (Weltkrieg II) noch als Kinder miterlebt und in den Erzählungen oder im nicht weniger bedrohlichen Schweigen der Erwachsenen noch jahrelang nachempfunden haben, hat er nun, ein Menschenalter später, heftige, bei manchen traumatische Erinnerungen in Gang gesetzt.

Viele, die dazu bereit waren und die Möglichkeit zur gedanklichen Verarbeitung hatten, sind im Laufe ihres Lebens zu ähnlichen Schlussfolgerungen gekommen, wie sie Habermas in seinem Artikel in der SZ vom 29.4. ausgeführt und in dem er die oft als zögerlich kritisierte Unterstützung der angegriffenen Ukraine durch die deutsche Bundesregierung, insbesondere das sehr vorsichtige Agieren des Kanzlers Scholz, als besonnen und verantwortungsbewusst verteidigt hat. Damit hat er sicherlich einem großen Teil der Kriegs- und Nachkriegsgeneration aus der Seele gesprochen, für die Krieg das allerschlimmste Übel schlechthin ist, besonders seit auch noch die Bedrohung durch die Massenvernichtungsmittel und die Erfahrung der realen Möglichkeit einer Weltvernichtung aus der Zeit des Kalten Krieges hinzukam.

Habermas hat harte Kritik von verschiedenen Seiten zu hören bekommen, berechtigte und unberechtigte. Mir ist bei seinem Beitrag aufgefallen, wie germanozentrisch seine Argumentation ist, die schon von europäischen Nachbarn, besonders denen, die dem Sowjetischen Zwangsimperium erst nach dem Zusammenbruch des Ostblocks entkommen sind, nicht direkt übernommen werden würde. Auch aus der Perspektive jüdischer und nichtjüdischer Verfolgter oder KZ-Insassen im Nazireich sah der Krieg ganz anders aus, auch wenn er mit der Gefahr verbunden war, durch Anti-Hitler-Bomben selbst zu Tode zu kommen. Viele Erinnerungen Betroffener, z. B. Wolf Biermanns in seiner Autobiografie, bezeugen dies eindrücklich. Aus der Sicht außereuropäischer Menschen, denen der Weltkrieg die Befreiung vom Joch des europäischen Kolonialismus – wenn auch oft mit jahrzehntelanger Verzögerung – gebracht hat, mag Krieg auch noch ganz andere Aspekte haben.

Wir dürfen auch nicht vergessen, dass Krieg für uns Deutsche auch deshalb etwas besonders Verabscheuenswertes ist, weil er für uns mit dem Odium der Schande und Schmach der deutschen Verbrechen behaftet ist. Die deutschen Kriegsgefallenen starben für eine verbrecherische Sache und können schlecht, wie die Toten der anderen Länder, als Helden verklärt und verehrt werden, was ihrem Tod noch eine besondere Bitterkeit verleiht. Wir dürfen also nicht den Fehler machen, unsere deutsche Einstellung zum Krieg (und besonders die der Älteren und ganz Alten) für sozusagen allgemeinverbindlich zu halten.

Der Verteidigungskrieg, den die Ukraine jetzt gegen Russland führt, ist ein absolutes, geradezu spiegelverkehrtes Gegenbild zum deutschen Krieg von 1939 bis 1945. Die russischen Begründungslügen für den Angriff gegen die Ukraine dürften in der langen historischen Tradition von Kriegsbegründungslügen einen Spitzenplatz einnehmen, was ihre Verlogenheit und ihren absolut minimalen Bezug zu irgendwelchen Spuren von Fakten betrifft. Bedauerlich ist allerdings, dass diese Lügen aufgrund der Mediensituation in Russland bei einem schwer messbaren, aber gewiss nicht kleinen Teil der Bevölkerung doch akzeptiert werden. Die Ukraine hat die Moral, das Völkerrecht und auch die Sympathie eines Teils der Weltbevölkerung (allerdings nicht überall auf der Welt) auf ihrer Seite. Hinzu kommt eine große Medienkompetenz ihres Präsidenten. Ob Botschafter Melnyk in Deutschland in dieser Beziehung auch so geschickt auftritt, mag jeder selbst beurteilen. Das Bild, das die Ukraine in den Medien abgibt, ein schwach bewaffnetes Land, das beim Zusammenbruch der Sowjetunion sein großes Arsenal an Atomwaffen freiwillig an Russland übergeben hatte, wird von eben diesem übermächtigen Russland ohne jede moralische Legitimation überfallen und mit grausamstem Krieg überzogen und wehrt sich dabei so mutig und opferbereit, veranlasst sogar so eingefleischte Skeptiker wie mich, Wörter wie „heldenhaft“ und „Heldentum“ wieder aus den Mottenkisten hervorzuholen, in denen wir sie so lange versteckt hatten, und sie darauf zu überprüfen, ob sie vielleicht doch nicht ganz obsolet sind.

So ganz wohl ist mir dabei allerdings immer noch nicht, ein paar Fragen müssen schon noch erlaubt sein. Zum Beispiel die, ob nicht bei der heldenhaften Verteidigung jedes einzelnen Quadratmeters ukrainischen Bodens manche Heldenleben auch unnötig geopfert worden sind, etwa bei der letztlich aussichtslosen Verteidigung von Mariupol. Hat ein Staat, ein

Land, ein Volk überhaupt das Recht, das Leben seiner Menschen zu seiner Verteidigung einzufordern? Diese Frage ist vermutlich nur aus der Sicht eines eingefleischten „Postheroikers" (um den Ausdruck von Habermas zu verwenden) aussprechbar und mag bei den tapferen Ukrainern Unverständnis bis hin zu Empörung und Verachtung auslösen. Vieles an dem heroischen Erscheinungsbild der Ukrainer erinnert an patriotisch heldenhafte Denk- und Redeweisen, die in Europa bis zum Ersten Weltkrieg üblich waren und die uns, wenn sie uns in Büchern und alten Filmen begegneten, oft gefährlich romantisch anmuteten. Die Erfahrung des Ersten Weltkriegs war, dass „Dulce et decorum est pro patria mori", zumindest was das „dulce" betrifft, eine grausame Lüge ist. Das Sterben im Krieg ist nicht „süß", sondern grausam.

Auch wir Postheroiker haben unsere todesmutigen Helden, zum Beispiel jene schottische Grundschullehrerin, die sich bei einem Schulmassaker in einer Grundschule vor ihre Kinder stellte und erschießen ließ. Wir tun uns halt schwer mit dem Militärischen und auch mit den Begriffen Nation und Nationalstaat. Vielleicht zwingt uns der ukrainische Krieg jetzt dazu, hier noch einmal genauer nachzudenken. Wenn ich mir vorstelle, dass eine fremde Macht mein Land teils zerstören, teils einkassieren und dann auch meine Muttersprache, die Teil meiner Identität und ein lebenslanges Medium meines Denkens und Empfinden ist, unterdrücken und ins kulturelle Abseits verdrängen wollte, wie es schon im Zarenreich (und weniger aggressiv, eher geringschätzend in den einst der K.u.K.-Monarchie unterstellten Teilen der Ukraine) mit dem Ukrainischen

(„Ruthenischen") geschehen ist, dann wäre es mir schon einen sehr hohen Einsatz wert, das zu verhindern. Gibt es also Werte, die den Einsatz des eigenen Lebens „wert" sind? Es kann auch sein, dass das eigene Leben entwertet wird, wenn man so unbedingt daran hängt, dass man es für nichts riskieren kann. Ist Freiheit so ein Wert?

Der Ukraine-Krieg zwingt uns also, manches, was für uns bisher voll durchdacht und außer Zweifel schien, noch einmal neu zu durchdenken. Sehr dringend müssen wir auch noch einmal über das Verhältnis zur Ukraine selbst nachdenken, die im Bewusstsein der meisten Deutschen – auch vieler (der meisten?) Intellektueller bis hin zu Habermas – eine viel zu geringe Rolle spielte. Die meisten von uns hatten im Hinblick auf dieses Land mehr oder weniger die russische Deutung übernommen, nach der die Ukraine einfach ein Teil von Russland mit einigen sprachlichen und regionalen Besonderheiten ist, der aber selbstverständlich zu Russland gehört wie etwa Bayern zu Deutschland. Unser Nachkriegsdenken nach Osten hin war immer voll auf Russland ausgerichtet, nach Moskau, auf den Kreml. Dort war bis zur Wiedervereinigung die Ansprechadresse für alles, was die Deutschen in der DDR betraf, aber auch die ca. 4 Millionen Russlanddeutschen, für deren Angelegenheiten die (west)deutschen Regierungen sich immer in einem gewissen Maße verantwortlich fühlten. Moskau war der Ort, wo die deutsche Ostpolitik Einfluss zu nehmen versuchte.

Auf die Ukraine, wenn man sie denn überhaupt wahrnahm, hatte man eher den von den Moskowitern übernommenen „kolonialen" Blick. Timothy Snyder hat dies in seinem sehr lesenswerten

Artikel im „Spiegel" (Ausgabe 22) eindrücklich dargestellt. Und es besteht durchaus die Gefahr, dass dieser Blick von oben herab, der die Ukraine nur als Objekt, nicht aber als selbstbestimmendes Subjekt wahrnimmt, jetzt diesseits und jenseits des Atlantiks in den Denkspielen und Diskussionen mancher Politiker, Militärs und anderer sogenannter Fachleute wieder eingenommen wird, wenn man dort über die Köpfe der Ukrainer hinweg darüber berät, wie ein eventuelles Ausstiegsszenario aus dem Krieg beschaffen sein könnte, in dem man Putin unbedingt gewisse Beuteanteile überlassen müsse, damit er seinen irrwitzigen Krieg zu Hause als Sieg verkaufen könne, denn nur so sei es möglich, ihn zum Einlenken zu bewegen. Nach den furchtbaren Opfern, die die Ukrainer schon bringen mussten und noch weiter bringen werden, haben sie hier gewiss ganz andere Vorstellungen als diese sogenannten Realisten und Pragmatiker, die ja selbst nichts verlieren würden.

Beim deutschen Blick auf die Ukraine fehlt meistens auch die Erinnerung daran, dass es in ihr einmal zwei Regionen gab, die Bukowina mit Czernowitz und Galizien mit Lemberg (Lwiw), in denen sich einst ein östliches Nebenzentrum deutschsprachiger – überwiegend deutschsprachig-jüdischer – Literatur befand, das die deutschsprachige Literatur erst in dieser Region, und danach, nachdem diese kulturellen Randparadiese längst zwischen den verschiedenen ukrainischen, rumänischen, russischen und polnischen Nationalismen zerrieben und von Nazis und Stalinisten dann endgültig vernichtet waren, in den Werken seiner überlebenden Exilanten auch im „Westen" nicht unwesentlich bereichert hat. Hier wären viele

Namen zu nennen, die inzwischen vergessen sind, aber auch etliche unvergessliche. Aus Czernowitz und der Bukowina nenne ich nur Paul Celan, der (wohl unter Verwendung von Vorarbeiten anderer, z. B. Immanuel Weißglas) das sozusagen endgültige Gedicht über die Shoah, „die Todesfuge“, schrieb, oder die große Lyrikerin Rose Ausländer. Zu den wenigen nichtjüdischen Autoren aus der Region gehört der seinerzeit sehr bekannte Gregor von Rezzori. In Galizien und Lemberg verweise ich auf den berühmten Romancier Josef Roth und den Philosophen und Mitbegründer des Zionismus Martin Buber, um auch hier nur die heute noch bekanntesten Namen zu erwähnen. Dass diese Autoren auf Deutsch und nicht auf Ukrainisch schrieben wie jene ukranischen Autoren, die seit dem 19. Jahrhundert um die Anerkennung des Ukrainischen als Literatursprache kämpften, mag ein Grund dafür gewesen sein, dass sie in der ukrainischen Literaturwelt, die sich vor allem gegen die russische Dominanz durchzusetzen hatte, meines Wissens wenig angenommen wurden. Das giftige Gebräu von Nationalismus und Antisemitismus, Stalinismus und Naziideologie in dieser wunderbar bunten und schwierigen Ecke Europas hat ja nicht nur in kultureller Hinsicht grauenhafte Schäden angerichtet. Um so wunderbarer ist es, dass der Mann, der jetzt ganz unangefochten zur Symbolfigur der neuen Ukraine und ihres bewundernswerten Kampfes für Freiheit und gegen den Aggressor geworden ist, der Präsident Wolodymyr Selenskyi, als von Haus aus russischsprachiger Jude in sich ganz verschiedene Aspekte heutigen Ukrainertums vereinigt. Als Integrationsfigur

kann er so erheblich dazu beitragen, sprachlich, ethnisch und religiös aufgeladene Volkstumsquerelen zu vermeiden.
Die Ukraine wird für uns von nun an extrem wichtig sein, weil der Schaden, der von diesem Krieg ausgeht, ungeheuer groß ist und in einem absolut grotesken Missverhältnis zu dem wenigen steht, das Putin gewinnen könnte, wenn alles so läuft, wie er es sich vermutlich vorgestellt hat. Das Allerschlimmste, das geschehen könnte, wäre der „große Weltenbrand", der Atomkrieg, und niemand wird Habermas widersprechen können, dass der unbedingt verhindert werden muss. Mag sein, dass heutige Strategen glauben, dass man mit den heutigen Waffen auch begrenzte Atomkriege führen kann, bei denen also nicht die ganze Erde, sondern „nur" bestimmte Regionen zerstört und entvölkert werden. Es kann auch sein, dass der „Weltenbrand", der sich aus diesem Krieg entwickeln könnte, ganz anders entsteht, nämlich dadurch, dass die weniger und weniger gewordenen Chancen zur Bekämpfung der Klimakatastrophe durch die Verhinderung und Zerstörung einer globalen Zusammenarbeit, die dieser Krieg verursacht, und durch die Verschleuderung von unverzichtbaren finanziellen Ressourcen (z. B. 100 Milliarden Euro Sondervermögen für die Bundeswehr) für die gerade anlaufende Aufrüstungsspirale vertan werden.
Es ist auch möglich, dass es nicht zum ganz großen, sondern zu einem „kleinen Weltenbrand" kommt, in dem „nur" unser prekäres und wackliges Europa kaputt geht. Es wird kaputt gehen, wenn es nicht gelingt, Putin in der Ukraine aufzuhalten, es wird natürlich erst recht kaputt gehen, wenn es zu einem totalen europäischen Krieg kommt. Was auch geschieht, in jedem

Fall hat Putins Krieg der Welt, Europa, Deutschland schon jetzt riesigen Schaden zugefügt, und der Schaden wird noch viel größer werden. Und dass der Schaden auch Russland sehr hart treffen und Russland am Ende vielleicht nur noch als wirtschaftlich und politisch drittrangiges Anhängsel Chinas übrig bleiben wird, ist auch kein Trost.

Für uns Alte ist die Tatsache, dass am Ende unseres Lebens nun so vieles wieder da ist, wovon wir gehofft hatten, dass es überwunden sei, so furchtbar bedrückend, weil es uns das Gefühl gibt, wir hätten umsonst gelebt, dass unsere Erfahrungen, unsere Bemühungen um gedankliche Aufarbeitung und um Einflussnahme auf den Weltenlauf in unserem jeweiligem Einflussbereich (meinem kleinen als kleiner Lehrer in der Provinz, oder aber dem für einen Poeten außerordentlich großen, den Wolf Biermann sich erkämpft, ersungen, erschrieben hat) letzten Endes vergeblich waren. Wie kann es nur sein, dass dieser irrwitzige Hass auf den Vernunftbegriff der Aufklärung, d. h. auf eine wertorientierte Vernunft, eine Vernunft, die per se auch moralisch ist (weswegen Kant seine Ethik als „praktische Vernunft" bezeichnen konnte), jetzt wieder in fast allen Weltgegenden aufersteht? Eine so monströse Verkörperung wie in Adolf Hitler hat dieser Hass noch nicht gefunden, aber dafür viele Verkörperungen in kleinen und großen Diktatoren und Autokraten, Volksverhetzern, Religionsfanatikern und skurrilen Schreckensgestalten wie Kim Jong-un in Nordkorea. Und Putin hat sich nun auch offensichtlich in diese Phalanx der blindwütigen Weltzerstörer eingereiht.

Nun könnte ein Mann wie Wolf Biermann, der so wirkungsvoll wie selten ein Poet und Sänger dazu beigetragen hat, eine Diktatur zu stürzen und eine Ideologie als Lügengebäude zu entlarven, die Hände in den Schoß legen und sagen: Ich hab mein Teil getan.

– Aber was wird mit unseren Kindern und Enkeln? Wie wird sich ihre Welt nun entwickeln ? Uns bleibt nichts anderes übrig als das Entsetzen, die Enttäuschung und Trauer über diesen Krieg und den Zustand der Welt, der dadurch offengelegt wird. Alles das – aber auch noch anderes – kommt in dem folgenden Sonett Wolf Biermanns zum Ausdruck, das er mir zusammen mit seinem „Kleinen Lied von den bleibenden Werten“ zum Ein- und Ausgeleit dieses Büchleins überlassen hat.

Elegie im 86. Jahr
Wolf Biermann

s'ist Krieg! Nun schließt mein Lebenskreis
Sich höllenwärts. Noch lach ich, mach
Mein Ding. Dir schweige ich. Und sing
Trotz alledem mein Lied. Es flieht
Mein guter Stern in fern're Ferne,
Verkroch sich in ein schwarzes Loch.
Hab mehr als nur genug geseh'n:
Dein Lächeln sah ich leuchten. Doch
Die Elbe fließt in Altona als könne
Sie hier bei Ovelgönne ewig stille stehn.
Sah Sonnen aufgehn, falsche Sterne,
Sah Scardanelli überm Neckarfluss.

Schenk mir, mein Weib, ein' Seelenkuss.
Ich, der Lebendigste! leb nicht mehr gerne.

Anhang

Brief von Sönke Zander an Wolf Biermann

Nordenham, 14.6.2022

Lieber WB,

lange nichts von Dir gehört. Das macht mir bewusst, wie viel Zeit Du schon für mich aufgewendet hast mit unserer Postkutschenkommunikation. Hier – wird höchste Zeit – meinen allerherzlichsten Dank dafür. Womit ich dieses Privileg verdient habe, ist mir eigentlich ein Rätsel. In diesem Zusammenhang auch noch mal Dank für den Telefonanruf, der mir gut getan hat. Von Deinem Italienaufenthalt habe ich das eine oder andere gelesen, aber wahrscheinlich nicht das Wichtigste. Ich vermute, dass Du jetzt in ukrainisch-russisch-deutsch-europäischen Angelegenheiten höchst aktiv bist.

Ich schicke Dir das weitgehend fertige Manuskript meines TV-Kriegstagebuchs, das wohl Anfang/Mitte Juli so in Druck gehen wird, ergänzt durch ca. 20 realistische Schwarzweiß-Tuschezeichnungen in der Art wie die vier beigefügten Beispiele. Die Künstlerin ist die Tochter eines Krankenzimmernachbarn.

Große lyrische Meisterwerke sind nicht dabei, alles sehr trocken, tatsachenfixiert, fast kunstlos. Aber zusammengenommen ist es das, was mir vorschwebte.

Wenn man mich fragen würde, warum das alles nun ausgerechnet gereimt und mehr oder weniger sonettartig werden musste, würde meine Antwort – die ich schon geben könnte – wohl ziemlich psychologisch ausfallen.

Du musst den ganzen Kram übrigens nicht lesen – und schon gar nicht darauf reagieren. Würdest Du ja ohnehin nicht tun, wenn Du es schlecht findest.
Wenn das jetzt nicht bei meinem (für kaum bekannte Autoren wie mich übrigens sehr wichtigen und hilfreichen) Kleinverlag und nur in hunderter Auflage erscheinen würde, sondern bei einem bekannteren Verlag, würde ich Dich fragen, ob Du das alles nicht – falls Du es doch akzeptabel finden solltest – mit irgendeiner Art von Beitrag veredeln könntest. Ich hatte schon einen Essay über die Thematik als Abschlusstext zusammengemurkst (Papierkorb) und dabei die ganze Zeit gedacht: Wenn ich doch nur so eine klare, unaufgeblasene und uneitle (jawohl!) Prosa schreiben könnte, wie dieser Kitharöde in Hamburg! Dies ist übrigens gar nicht so eindeutig als Wink mit dem Zaunpfahl gemeint, wie es klingt. Vielleicht würde es mich auch verunsichern …

Hoffe, es geht Dir gut
Sönke

Brief von Wolf Biermann an Sönke Zander

Lieber Sönke anner Weser,

mein neualter Freund an der Wesermündung und geschätzter Kollege Sonettier, das Konvolut mit den neuen Zander-Sonetten habe ich nun gelesen, und will Dir kurz meine Expertise liefern: Ich finde die neuen Gedichte zum Ukraine-Krieg nicht so gut, wie ich dachte, sondern besser.

...

Freilich mißtraue ich meinem Urteil, denn es gibt auch eine euphemistische Voreingenommenheit. Also bat ich gestern meinen Sohn Lukas, sich Deine Sonette mit scharfem und kühlem Blick anzuschaun ... Seine männliche Urteilskraft sollten wir Greise nutzen.

Ja, lieber Sönke, es ist schade, daß Deine Kriegsgedichte nur in einem Kleinverlag gedruckt werden – aber trotzdem möchte ich mich Dir nützlich machen.

Du könntest als Vorwort – ich denke: besser als Nachwort, Deinen letzten Brief an mich abdrucken lassen – und dazu dann das Sonett Deines Kollegen und Kitharöden:

Elegie im 86. Jahr

Und falls es nicht aufdringlich und unangemessen ist, könntest Du auch zum gleichen Themenkomplex mein „Kleines Lied von den Bleibenden Werten" abdrucken, das ich in Ostberlin unmittelbar nach dem Krieg der Sowjetischen Armee 1968 gegen die beiden „Brudervölker" in der CSSR schrieb. Das passt: Krieg gegen die Demokratie im Prager Frühling damals, und

jetzt gegen den Maidan-Frühling in der demokratischen Ukraine.
Und wenn es Dir gefällt und den Verleger nicht überfordert, auch meine Anmerkungen zum ewigen Thema Todessehnsucht bei Gelegenheit meiner neuen Elegie.
...

Wolf am 19. Juni 2022
ps.: mit Pamela im Paradies an der Flensburger Förde.
Karl-Wolf Scardanelli

Wolf Biermann: Anmerkungen zu seiner „Elegie im 86. Jahr“ und zum Thema Todessehnsucht

Auch ich – wir gottlose Menschenkinder singen alle – auch noch im Digitalen Zeitalter – sein frommes Abendlied „Der Mond ist aufgegangen“. Aber das evangelische „Kriegslied“ des Dichters Matthias Claudius, meines Hamburger Kollegen in Wandsbeck, das kennen nur noch wenige. Es ist ein flehentliches Stoßgebet 1778 in tiefer Not:

's ist Krieg! 's ist Krieg! O Gottes Engel wehre,
Und rede Du darein! …
's ist leider Krieg – und ich begehre,
Nicht schuld daran zu sein!

Gewiss – besonders unschuldig am Kriegsgemetzel fühlen sich immer die Hauptschuldigen! Ich denke jetzt im Ukraine-Krieg wieder an das Lied meines Freundes Bulat Okudshawa: ***„Ach die Erste Liebe …“*** Sein Russisch dichtete ich mir schon früh in meine DDR-Sprache. Manche Deutsche singen es seitdem in Ost und West. In die zweite Strophe pflanzte ich dem romantischen РУССКИЙ БАРД ein blutfettes Andreas-Gryphius-Wort in seinen Text: „Mordsgeduld“. So sang ich dem Bulat in Moskau meine etwas härtere Nachdichtung vor. Und nun, nur 50 Jahre später, am Anfang eines Dritten Weltkrieges, klingt dieses Lied nicht nur wie der letzte Schrei, sondern wie der allerletzte Schrei: Es passt nun wie die Faust aufs Auge zu unserer chronischen Geduld, seitdem Putin all seine Massaker ungestraft begeht: Tschetschenien, Georgien, Moldawien, Syrien, Krim, Donez, Belarus. Unsere klug-dumm-schlaue Geduld ist ja auch eine Schuld.

Ach, der erste Krieg, da ist keiner Schuld
Und der zweite Krieg, da hat einer Schuld
Doch der dritte Krieg ist schon meine Schuld
– ist ja meine Schuld: meine Mordsgeduld

Die bittere Hölderlinsche Schlußzeile meiner **„Elegie im 86. Jahr“** provoziert womöglich Kopfschütteln. Aber kein Freund muß sich Sorgen machen, und auch kein treuer Feind sollte flott frohlocken. Ich blutjunger Greis bin weder lebensmüde noch sterbesüchtig. Diese 14 Verszeilen sind halt ein dunkles Sonett in finsteren Zeiten, aber gewiß keine Selbstmord-Annonce.
Als der Großmeister William Shakespeare sein allerstärkstes Sonett schrieb, das Sonnet 66, da hielt keine Dark Lady den Direktor des Globe-Theatre für suizid-gefährdet. Auch sein Fellow-poet, der Renaissance-Dramatiker Ben Johnson, hat sich bestimmt keinerlei Sorgen gemacht um den **Sweet swan of Avon,** etwa wegen der rabenschwarzen Zeile:

Tired with all these, for restful death I cry ...
Müd, müd von all dem schrei ich nach dem Schlaf im Tod ...
Auch eine Sehnsucht nach dem Tode gehört halt zum Lebendig-Sein, C'est la condition humaine. It's the tragedy, stupid! Es ist immer mal wieder unser Spiel mit der fatalen Tragik des

Lebens, genau wie in meinem alten Lied „Und als wir ans Ufer kamen“ – mit diesem Plot-Refrain:
Ich möchte am liebsten weg sein / Und bleibe am liebsten hier
Auch das Lieber-Wegseinwollen gehört halt zum wilden Daseinwollen.
Der arme Dichter Hölderlin vegetierte fast vier Jahrzehnte im Turmzimmer über dem Neckar. Seine flach-schwach-sinnigen kargen Verse unterschrieb er skurril und mit einem Fremdnamen: *unterthänigst, Scardanelli.*
Schon lange gelangen dem Genie keine starken Verse mehr. Sein Dichter-Leben war längst aus allen Angeln gehoben. Ich wüßte gern, ob unser Baden-Württembergischer Über-Grieche am Neckar, unser deutschester Poet, selbst wußte, was das italienische Wort „scardinare“ bedeutet – wörtlich: „aus den Angeln heben ...“ aha! jetzt verstehe ich ihn besser: Auch mich hat Putins Paranoia-Krieg aus allen Angeln gehoben! Ich unterschreibe von nun ab mal so: Karl-Wolf Scardanelli – allerdings nicht „unterthänigst“, sondern wütend, verzweifelt und trotz alledem voll tatkräftiger Hoffnung: die wahre Melancholie.
Als ich ihm 1989 mein neuestes Lied widmete, schrieb mir der Skeptiker Emil Cioran aus Paris dazu: *Diejenigen, die das Glück haben, an Melancholie zu leiden, sind Komplizen für immer.*

Sönke Zander – Zu meinen Texten

Als Putins Truppen tatsächlich doch die ukrainische Grenze überschritten, obwohl ich – wie viele andere naive Vernunftgläubige in unserem Land – bis zuletzt geglaubt hatte, dass es dazu nicht kommen würde, war dies ein Schock. Ich beschloss sofort, eine Art Tagebuch der nun ablaufenden Ereignisse zu schreiben, in dem wichtige Nachrichten aus den Medien und meine eigenen Gedanken darüber festgehalten werden sollten. Und ohne großes Nachdenken ergab es sich, dass die ersten Texte in Sonettform geschrieben wurden. Und als dann drei oder vier Texte auf dem Papier standen, war klar: So mach ich jetzt weiter mit diesem Tagebuch. Aber warum ausgerechnet Sonette?

In verschiedenen Ausformungen des Sonetts sind seit mehr als einem halben Jahrtausend etliche der großartigsten lyrischen Texte der Weltliteratur verfasst worden, z. B. von Shakespeare (in seiner 4-4-4-2-Form), Baudelaire, Rimbaud („Der Schläfer im Tal“), Rilke und manchen anderen. Mit diesen sollen meine Tagebucheintragungen gewiss nicht wetteifern. Sie sind überhaupt nicht als sprachlich-ästhetische Versuche gedacht, sondern nutzen die Sonettform als eine Form der Gebrauchslyrik.

An dieser Form ist nämlich etwas geradezu Magisches, das ein hohes Maß an gedanklicher Konzentration erzwingt, eine Fokussierung auf das Wesentliche, und zwar in dem Zweierschritt: 1. Darstellung eines Ereignisses oder Sachverhalts, 2. davon ausgelöste gedankliche und/oder emotionale Reflexion. Und wie durch Zauberei erweist es sich sehr oft, dass der vorgegebene Umfang von vierzehn Zeilen genau richtig ist, um diese beiden Schritte in zwar sehr konzentrierter, aber doch räumlich ausreichender Weise zu ermöglichen.

Dieser zugleich zwingende und ermöglichende Effekt der Sonettform hat sich im Falle dieser Tagebucheintragungen als hilfreich erwiesen, zumal ich durch den als Katastrophe empfundenen Krieg und durch eine fast gleichzeitig ausgebrochene Krankheit kaum bereit und in der Lage war, mir über ästhetische und poetologische Fragen den Kopf zu zerbrechen. Reizvolle Spielereien mit der Logik oder Sprachspielereien zu veranstalten, worum es mir sonst gerade bei meinen Sonetten oft geht, oder die Suche nach neuen – literarisch zeitgemäßen – Ausdrucksweisen (die ich ohnehin immer sträflich vernachlässigt habe) war bei diesen Tagebucheintragungen nicht wichtig, hier ging es um die Sache, den Krieg, und sonst um nichts. Und so ist etwas entstanden, das man – abwertend oder nicht – als journalistische Lyrik bezeichnen könnte.

Ein paar Texte gibt es allerdings darunter, in denen der Inhalt, die Aussage, der Sachverhalt das emotional Fassbare übersteigt und damit auch die Form sprengt. Und das soll dann auch so sein.

Ariane Litmeyer – Zu meinen Bildern

Die mit Fineliner und Brushpen angefertigten Zeichnungen sind in dem Zeitraum zwischen dem 24.02.2022 und dem 27.06.2022 entstanden. Sie dokumentieren die ersten Tage nach dem russischen Überfall auf die Ukraine. Die Stills aus verschiedenen Nachrichtensequenzen wurden im deutschen Fernsehen ausgestrahlt. Dort wird in komprimierten Ausschnitten der Konflikt medial dargestellt und in weitere tagespolitische Themen eingereiht. Er wird schleichend zur beklemmenden Alltäglichkeit. Die Zeichnungen setzen indes spezifische Situationen in den Fokus, heben sie aus ihrem ursprünglichen Medium heraus und manifestieren sie. Dabei rücken vor allem die Schauplätze fernab der direkten physischen Gewalt in den Vordergrund.

Die beiden Tagebücher – in Wort und Bild – sind zeitgleich und im Bewusstsein voneinander entstanden, sind aber nicht miteinander synchronisiert. Angeordnet in ihrer jeweiligen Chronologie entstehen so zufällige Bezüge und Irritationsmomente zwischen den teils drastischen Gedichten von Sönke Zander und den bildnerischen Momentaufnahmen.

Inhaltsverzeichnis